GULLIVER'S TRAVELS

Robinson Cru

고양이네
도서관

글 조현진

동국대학교에서 문예창작학을 전공하고 한국예술종합학교 전문사 극작과를 졸업했다. 2011년 동아일보 신춘문예에 동화『우리 집엔 할머니 한 마리가 산다』가 당선되었다. 펴낸 책으로는『이야기로 보는 환경 지도책』,『쉿! 외계인도 모르는 우주의 비밀』,『쉿! 공룡도 모르는 멸종의 비밀』,『쉿! 귀신도 모르는 인체의 비밀』,『고양이네 박물관』등이 있다.

그림 한여진

산업디자인을 전공하였다. 책을 통해 어린이들을 만나는 것이 최고로 기쁘며 항상 꿈이 가득한 그림을 그리고 싶다. 그린 책으로는『왕자와 거지』,『the old witch』,『영원히 지켜야 할 것』,『미국을 만든 사람들』등이 있다.

세상을 발칵 뒤집은 책 속 모험

고양이네 도서관

상상의집

야옹.
고양이는 입이 찢어져라 하품을 했어요.
배는 부르고 햇살은 따뜻했어요.
아무 일도 일어나지 않을 것처럼 평화로운 오후였지요.
고양이는 낮잠 잘 곳을 찾아 이곳저곳을 어슬렁댔어요.
따뜻하고 높고 어둡고 좁은…… 바로 저런 곳!

고양이는 맛있는 생선을 본 것처럼
눈을 반짝이며 책장을 올려다보았어요.
책과 책 사이에 몸이 쏙 들어갈 만한 빈 공간이 있었어요.
'흥, 이 정도 높이는 아무것도 아니지!'
고양이는 사뿐히 의자를 밟고 책장 위로 폴짝 뛰어올랐어요.

고양이는 '고르릉고르릉' 기분 좋게 목을 울리고는
달콤한 낮잠에 빠져들었어요.

막 꿈나라로 떠나려는 찰나, 이상한 느낌에 눈을 반짝 떴어요.
아니나 다를까 귀찮은 꼬마 녀석이 고양이를 내려다보고 있지 뭐예요.
꼬마는 씩 웃으며 말했어요.
"찾았다! 장화 신은 고양이!"

맙소사! 장화 신은 고양이라니.
꼬마는 항상 제멋대로 고양이를 후크 선장이나
소인국의 난쟁이, 괴물 같은 것으로 만들었어요.
꼬마는 고양이를 덥석 잡아 끌어내렸어요.
"아버지도 참 너무하셔! 형들한테는 방앗간을 물려주시고
나한텐 겨우 고양이라니! 고양이로 뭘 하지?
확 잡아먹어 버릴까? 가죽을 벗겨서 팔까?"

꼬마는 〈장화 신은 고양이〉의 막내아들처럼 연기를 했지만
고양이는 모르는 척 잠을 청했어요.
"일어나. 어서 일어나서 장화 신고 날 도와줘.
거인을 물리치고 부자로 만들어 달란 말이야."

고양이는 침대 밑으로 쏙 숨어 버렸어요.
장화에 거인이라니, 그런 건 딱 질색이에요.
설령 보물이나 아주 맛있는 생선을 준다 해도
고양이의 낮잠을 방해할 수는 없어요.
한숨 자고 나면 꼬마는 장화 신은 고양이 같은 건
까맣게 잊고 말 거예요.
책은 던져 버리고 컴퓨터 게임이나
축구 놀이에 빠질 테니까요.

고양이는 무사히 꿈나라에 도착했어요.
그때 문이 벌컥 열리더니,
누군가 방으로 들어와 시끄럽게 소리치기 시작했어요.
"톰! 톰!"

TOM SAWYER

"이 녀석이 대체 어떻게 된 거야? 얘, 톰!"
부인은 안경을 코끝으로 내리고 방 안을 죽 둘러보았
다. 이번에는 반대로 이마 쪽으로 안경을 올리고 다시
둘러보았다. 겨우 사내아이를 찾기 위해 부인이 안경
을 끼는 법은 거의, 아니 결코 없었다. 안경은 순전히
'멋'을 위해 쓰고 다니는 것이었다. 부인은 마음만 먹
으면 안경 대신 난로 뚜껑을 쓰더라도 얼마든지 볼
수 있을 것이다.

'톰이 대체 누구야? 뭐가 이렇게 시끄러워.'
고양이는 몸을 동그랗게 말고 투덜댔어요.

TOM SAWYER

부인은 가구들도 흠칫 놀랄 만큼 큰 소리로 외쳤다.
"요 녀석, 어디 잡히기만 해 봐라. 내가 가만히……"
부인은 말을 다 끝맺지도 못했다. 빗자루로 침대 밑을
쑤셔 대느라 숨이 찼기 때문이다. 하지만 침대 밑에서
뛰쳐나온 것은 놀란 고양이뿐이었다.

Poly aunt

The Adventures of Tom Sawyer

난데없이 빗자루로 얻어맞은 고양이는
후다닥 밖으로 뛰쳐나왔어요.
따가운 햇살에 눈이 부셨지요.
'잘 자고 있었는데……. 음냐.'
고양이는 입맛을 다시고는
다시 낮잠 잘 곳을 찾아 어슬렁댔어요.
따뜻하고 높고 좁은…… 바로 저런 곳!

고양이는 담장 위에 웅크리자마자 졸기 시작했어요.
따뜻한 햇살이 내리쬐는 담장은 낮잠 자기 딱 좋은 곳이에요.
빗자루를 얻어맞을 일도 없고요.
골목에 시끄러운 아이들만 없다면 좋을 텐데…….

"If a Cat Washes her face, there will be Visitors"

PUSSY Cat,
Pussy Cat

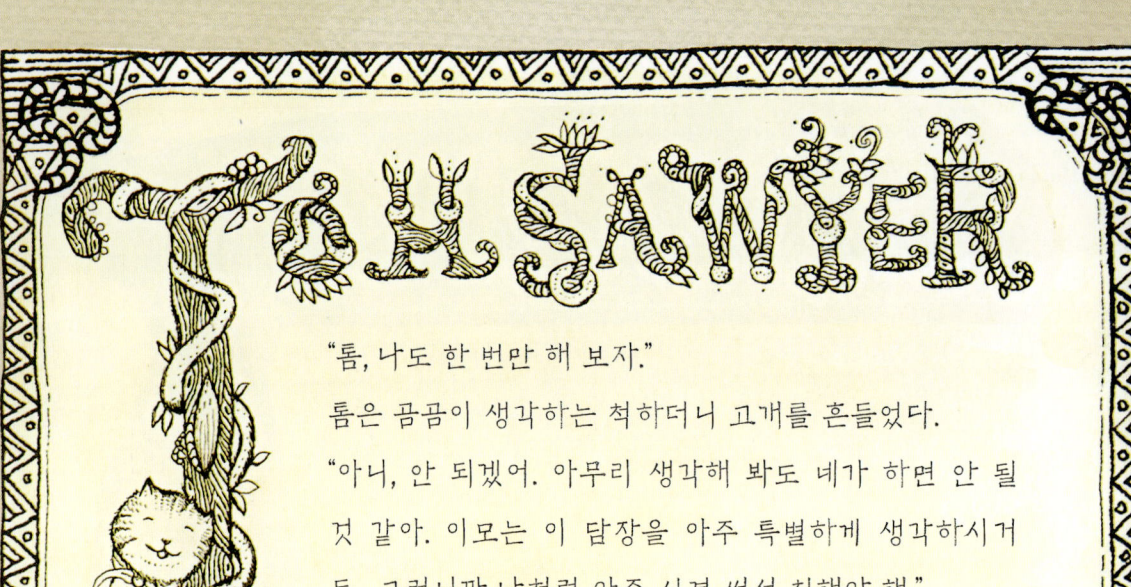

TOM SAWYER

"톰, 나도 한 번만 해 보자."

톰은 곰곰이 생각하는 척하더니 고개를 흔들었다.

"아니, 안 되겠어. 아무리 생각해 봐도 네가 하면 안 될 것 같아. 이모는 이 담장을 아주 특별하게 생각하시거든. 그러니까 나처럼 아주 신경 써서 칠해야 해."

"알았어. 딱 한 번만. 조금만 칠하면 되잖아, 톰."

"벤, 나도 너에게 기회를 주고 싶어. 하지만 네가 실수라도 한다면······."

"정말 조심할게. 그러니까 한 번만······. 아, 이 사과랑 바꾸면 어때?"

톰은 못마땅하다는 표정을 지으며 벤에게 붓을 건넸다. 하지만 속으로는 쾌재를 부르고 있었다.

말썽쟁이 꼬마 톰은 페인트칠을 재밌는 놀이처럼 속여
동네 아이들에게 떠넘겼어요.
아이들의 보물까지 받고 말이죠.
사과와 구슬, 연……. 아이들이 점점 늘어나기 시작했어요.
우글우글 와글와글.
고양이는 결국 담장에서 내려왔어요.
그리고 살금살금 골목을 빠져나갔어요.

고양이는 다시 낮잠 잘 곳을 찾아 걷기 시작했어요.
따뜻하고 좁고 어두운…… 바로 저런 곳!
고양이는 골목을 뒹구는 통을 발견했어요.
하지만 그곳에는 먼저 온 손님이 자고 있었답니다.
말썽쟁이 톰의 친구인 허클베리 핀이었어요.

TOM SAWYER

허클베리는 마음먹은 대로 돌아다녔다. 맑은 날에는 남의 집 현관 계단에서 잠을 잤고, 비가 오는 날에는 빈 통에 들어가 잠을 잤다. 학교도 교회도 다니지 않았다. 누구 말에 따라 행동할 필요도 없었다. 자기가 원하면 언제든 낚시도 하고 수영도 하고 내키는 대로 놀 수 있었다. 싸우지 말라고 혼내는 사람도 없었고, 밤늦게까지 잠자리에 들지 않아도 되었다. 씻을 필요도, 깨끗한 옷을 입을 필요도 없었으며 마음껏 욕을 해도 상관없었다. 허크의 삶은 원하는 것을 모두 가진, 아주 근사한 것이었다.

고양이는 허클베리 핀이 골목 밖으로 완전히 사라질 때까지 기다렸어요.
꼬마가 보이지 않게 되자 빈 통 안으로 조심스럽게 들어갔어요.
방금 전까지 허크가 누워 있던 통 안은 따뜻하고 아늑했어요.
그래 바로 여기야!

고양이는 정신없이 잠에 빠져들었어요.
얼마나 깊이 잠들었는지
통이 바다까지 굴러가는 것도 눈치채지 못했지요. 통통통.

고양이는 통이 흔들리는 것을 느꼈어요.
마치 물 위에 떠 있는 것 같았어요.
깜짝 놀랐지만 고양이는 눈을 뜨지는 않았어요.
'낮잠만 잘 수 있다면 바다 위라도 상관없지.
나는 뱃멀미 따위는 전혀 하지 않으니까.'
가까이서 발소리가 들려도, 이리저리 통이 흔들리며 부딪혀도
고양이는 신경 쓰지 않았어요.
시끄러운 목소리가 바로 옆에서 들려오기 전까지는 말이에요.

TREASURE ISLAND

나는 사과를 찾기 위해 통 안으로 기어 들어갔다. 하지만 사과는 하나도 남아 있지 않았다. 칠흑같이 어두운 통 속에 앉아 물소리를 들으며 파도의 출렁임을 느끼다 깜빡 잠이 들었다. 아니, 막 잠이 들려는 순간이었다. 그때 누군가 "쿵!" 소리를 내며 사과 통 바로 옆에 앉았다. 그가 기대자 사과 통이 흔들렸다. 그리고 선원들의 목소리가 들렸다.

Treasure Island ..

"언제까지 기다릴 거야? 당장 선실 안으로 쳐들어가고 싶다고."

"내 말 잘 들어. 일반 선원이랑 똑같이 행동하고, 말조심하도록 해. 특히 술은 입에도 대지 마. 때가 되면 명령을 버릴 테니까."

"누가 그렇게 안 한대? 그게 언제냐는 거야, 언제."

"언제냐고? 젠장!"

실버는 버럭 화를 내더니 다시 말을 이었다.

"최대한 버틸 때까지 버틴 다음이 바로 그때야. 선장이 우리를 위해 배를 몰고 있어. 지주랑 의사는 보물 지도를 가지고 있고. 나도 너도, 지도가 어디 있는지 몰라. 그들이 다 알아서 보물을 찾아 배에 실을 거야. 우리는 그때 기회를 노리는 거야. 보물을 싣고 돌아가는 길에 치는 거지."

맙소사. 해적들이 배에 타고 있었어요.
자칫하면 엉뚱한 싸움에 휘말리겠어요.
귀찮은 건 딱 질색인데.
고양이는 당장 일어나 도망가고 싶었지만
너무 졸려서 눈조차 뜰 수가 없었어요.
'에잇, 몰라. 자고 일어나서 생각하자.'

고양이가 깊은 잠에 빠져들자
통은 이리저리 흔들리더니
다시 움직이기 시작했어요.
통통통.

통은 계속 굴러갔어요. 통통통.
어딘가 알 수 없는 곳까지 말이에요.

파도가 점점 거세지자 뱃전의 물건들은 여기저기 날아다녔고
선원들은 휘청거렸어요.
모두들 우왕좌왕하며 겁에 질렸지만
고양이는 전혀 겁먹지 않았어요.
밖에서 무슨 일이 벌어지는지도 모른 채
잠만 자고 있었으니까요.

Robinson Crusoe

거세게 몰아치는 폭풍에 휩싸여 있던 어느 날이었다.

"육지다!"

누군가 외쳤다. 희망에 가득 차 모두 밖을 내다보려고 선실을
뛰쳐나갔다. 그 순간 배는 모래부리에 부딪치고 말았다. 파도
가 엄청난 힘으로 배를 덮치는 바람에 꼼짝없이 죽었다고 생
각했다.

파도가 엄청난 힘으로 배를 덮치자 선원들은 겁에 질려
구명보트를 타고 도망쳤어요.
선원들이 떠나는 소리를 들으며 고양이는 미소 지었어요.
'이제야 혼자 남았군. 조용히 잘 수 있겠어.'

하지만 배는 점점 가라앉고 있었어요.
급기야 고양이가 자고 있는 통 속으로 물이 들어오기
시작했지요.
"뭐, 어때? 조금 축축해도 난 잘 수…… 으악!"

고양이는 잠이 확 깼어요.
통 밖으로 뛰쳐나오자마자
파도가 통을 집어삼켰지요.
"어푸, 어푸. 어쩌지? 수영을 해야 하나?"
고양이는 물속에서 허우적대며 고민했어요.

사실 고양이는 수영을 아주 잘한답니다.
하지만 아주 싫어하지요!
그냥 빠져 죽을 것인가 수영을 할 것인가 고민할 정도로 말이에요.
몇 번 호되게 물을 먹고 나서야
고양이는 안간힘을 다해 헤엄치기 시작했답니다.

Gulliver's Travels

우리는 바다에 보트를 내렸고 난파한 배와 바위에서 벗어났다. 그때 돌풍이 거세게 불어와 보트가 뒤집어지고 말았다. 보트에 있던 동료들은 물론이고 바위로 피하거나 배에 남은 선원들이 어떻게 되었는지 정확히 알 수는 없지만 아마 죽은 것으로 짐작된다. 죽을힘을 다해 헤엄쳐 보았지만 바람과 파도에 이리저리 쓸려 다닐 뿐이었다. 가끔씩 발을 뻗어 보았지만 바닥에 닿지 않았다. 기운이 완전히 빠져 포기하려던 순간 발이 닿았다. 폭풍도 많이 잠잠해져 있었다.

나는 풀밭에 드러누워 평생 자 보지 못한 단잠에 빠지고 말았다.

Gulliver's Travels

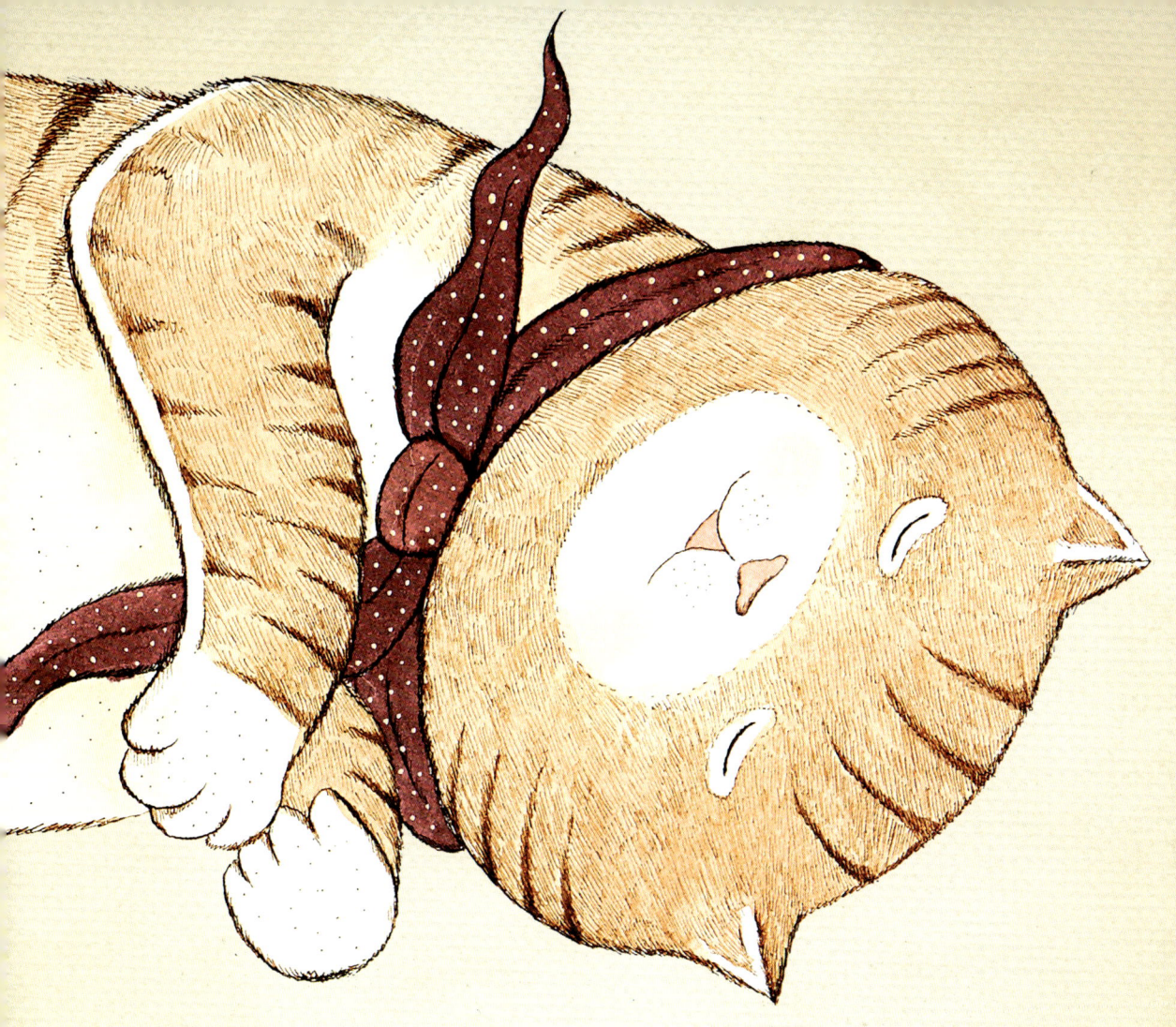

고양이는 간신히 육지에 닿을 수 있었어요.
기진맥진해진 몸으로 육지에 오른 고양이는
그대로 잠이 들고 말았지요.

얼마나 지났을까.

여기저기서 훼방꾼들의 소리가 들려왔어요.

쥐들이 찍찍거리는 것처럼 작은 소리였지만 아주 거슬렸어요.

벼룩 같은 게 몸 위를 기어 다니는 것도 같고

뜨거운 햇살이 눈을 따갑게 하기도 했어요.

고양이는 눈을 떴어요. 시끄러운 소리나 벼룩, 햇볕 때문은 아니었어요.

배가 고팠기 때문이에요.

고양이는 태양을 피하려고 몸을 돌렸지만 움직일 수가 없었어요!

움직일 수 없는 정도가 아니라

털을 잡아 뜯는 것 같은 아픔이 느껴졌어요.

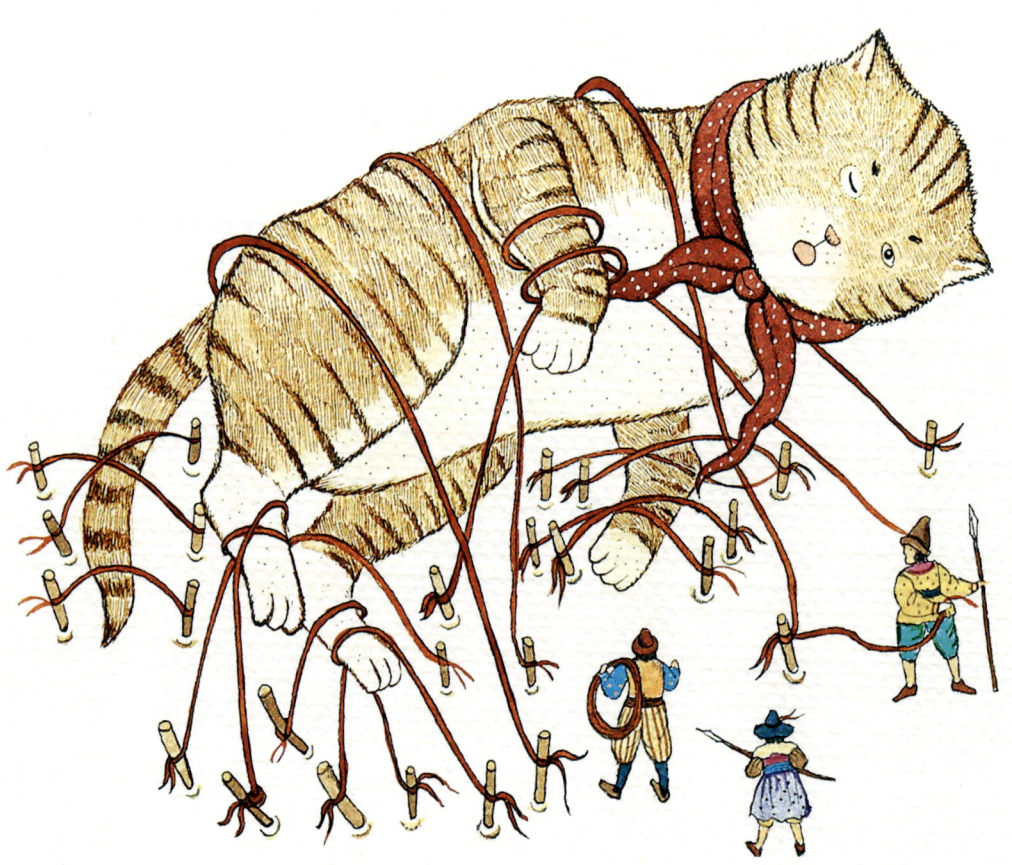

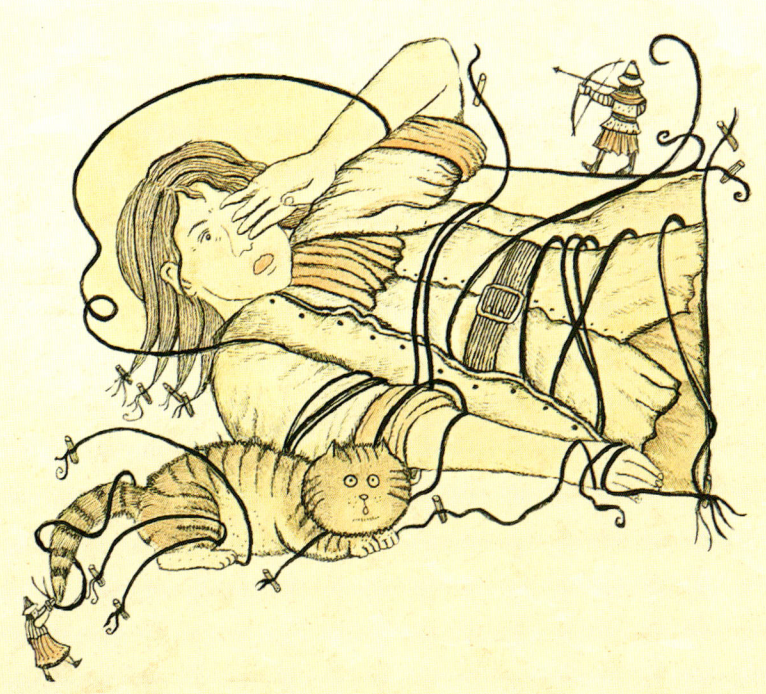

깨어나 보니 해가 막 떠오르고 있었다. 나는 자리에서 일어나려고 했지만 꼼짝할 수가 없었다. 누워 있는 동안 누가 팔다리를 모두 땅에 묶어 놓은 것이다! 길고 숱 많은 머리카락도 마찬가지였다. 가는 끈 여러 개로 몸통도 단단히 묶어 놓았다. 사방에서 요란한 소리가 들려왔지만 묶여 있는 상태에서는 하늘밖에 보이지 않았다. 왼쪽 다리 위에 어떤 생물체가 올라오는 것이 느껴졌는데 그것은 가슴을 지나 턱까지 다가왔다. 아주 작았는데 분명히 인간의 모습이었다. 손에는 활과 화살을 들고 있었다. 그와 같은 인간들이 40명 정도 더 내 몸 위로 기어 올라왔다.

"야옹!"
고양이의 비명에 놀란 작은 사람들이 도망치기 시작했어요.
팔만 뻗어도 잡을 수 있었지만 고양이는 꼼짝도 할 수 없었어요.
작은 사람들이 고양이를 바닥에 꽁꽁 묶어 놓았으니까요.

작은 사람들이 먹을 것을 가져다주었어요.
작은 나라는 동물도 풀도 모두 작아서
아주 많은 양을 가져와야 했지요.
배가 부르자 다시 솔솔 잠이 왔어요.
고양이는 잠에 빠져들며 생각했어요.
'정말 좋은 사람들이야. 여기서 쭉 낮잠을 자도 좋겠어.'

Gulliver's travels

황제는 궁정 회의를 소집하여 나를 어떻게 할 것인가를 논의했다. 그들은 내가 사슬을 끊어 버리지 않을까 걱정했고 나의 엄청난 식 사량 때문에 나라에 기근이 들지 않을까 걱정하기도 했다. 그래서 그들은 나를 굶겨 죽일까 고민하기도 했고 내 몸에 독화살을 쏘아 서 죽이기로 결정하기도 했다. 하지만 다른 한편으로 생각해 보니 그렇게 큰 시체가 썩는 과정에서 생긴 악취가 전염병을 일으켜 나 라 전체로 퍼져 나가지 않을까 걱정도 되는 것이었다.

고양이가 잠든 사이에 작은 나라 사람들은 고양이를
거대한, 작은 사람들에게는 매우 거대한 상자에 넣었어요.
그리고 전 국민이 힘을 합쳐서 상자를 바다에 띄웠답니다.
작은 나라에 살기에는 고양이가 너무 많이 먹었고,
먹을 게 떨어지면 언제 자신들을 잡아먹을지 모른다고
생각했기 때문이에요.

상자는 파도를 타고 아주 먼 곳까지 떠내려갔고,
마침내 새로운 섬에 다다랐어요.
고양이가 잠에서 깨어난 것은
그 후로도 한참이 지난 다음이었어요.

땅바닥이 그렇게 세게 울리지 않았다면
고양이는 절대로 깨지 않았을 거예요.
"쿵쿵쿵!"
땅은 점점 더 크게 울렸어요.
상자가 튀어 오를 정도로 말이에요.
'뭐지? 이번엔 또 무슨 일이야?'
고양이는 졸린 눈을 부비며 상자의 틈새로 밖을 내다봤어요.

거인의 키는 교회의 뾰족한 탑만큼 컸고 보폭은 10미터쯤 되었
다. 나는 너무 놀라고 두려운 나머지 보리밭 속으로 숨었다. 숨
어서 보니 거인은 둑 위에 올라서서 밭을 향해 누군가를 소리쳐
부르는데 그 소리가 나팔에 대고 소리치는 것보다 몇 배는 더
컸다. 또 소리가 하늘 높은 곳에서 울렸기 때문에 천둥소리가
아닌가 생각했다.

그건 아이들이었어요.

보통 아이들보다 100배는 거대하고 시끄러운 아이들!

'저 꼬마들한테 걸렸다가는 뼈도 못 추릴 거야!

이럴 줄 알았으면 〈장화 신은 고양이〉한테

거인 물리치는 법을 배우는 건데.'

고양이의 얼굴은 울상이 되었어요.

하지만 곧 어깨를 으쓱하고는 다시 잠을 청했어요.

'괜찮아! 이 상자 안에 고양이가 있는 줄은 꿈에도 모를 테니까.'

고양이의 생각대로
큰 아이들은 상자를 지나쳤어요.
큰 아이들이 발견하기에는 상자가
너무 작았거든요.
고양이는 점점 멀어지는 발소리
를 들으며 중얼거렸어요.
"그럼 그렇지. 이제 다시
낮잠을…… 으악!"
고양이가 말을
끝내기도 전에 상자가
하늘로 날아오르기
시작했어요.

나는 갑자기 잠에서 깨어났다. 상자 위의 고리를 누가 세차게 잡아당기는 것을 느꼈기 때문이다. 상자가 하늘 높이 올라가더니 빠른 속도로 이동했다. 여러 차례 소리를 질러 보았지만 아무 소용이 없었다.

머리 바로 위에서 날개 치는 소리가 들렸다. 독수리 한 마리가 부리로 상자를 물고는 떨어뜨릴 준비를 하고 있었다.

곧 날개 치는 소리가 커졌고 상자가 심하게 흔들렸다. 독수리가 공격받는 소리를 듣자마자 상자가 수직으로 떨어지는 것을 느꼈다. 그 속도가 너무 빨라서 숨이 멎을 지경이었다.

상자를 물고 날아가던 독수리가 먹이를 빼앗기 위해 뒤쫓아 온 다른 독수리의 공격을 받아 나를 떨어뜨렸던 것 같다.

Golliver's Travels.

상자를 물고 하늘을 날던 독수리가 그만
상자를 놓치고 말았어요.
상자는 무서운 속도로 떨어지기 시작했어요.
고양이는 자기도 모르게 눈을 꼭 감았어요.
상자가 바닥에 떨어지는 순간,
고양이는 정신을 잃고 말았어요.

"야아옹."
잠시 후 고양이는 눈을 떴어요.
다행히 고양이는 무사했어요.
그대로 누워 자고 싶었지만
언제 거인이나 독수리가 나타날지 모르잖아요?

고양이는 쉴 곳을 찾아 걷기 시작했어요.
귀찮게 구는 꼬마도, 작은 사람도, 큰 사람도 없는……
따뜻하고 어둡고 좁은 바로 저런 곳!
고양이의 눈에 아주 좁고 어두운 터널이 보였어요.
고양이는 터널 안으로 천천히 들어갔어요.

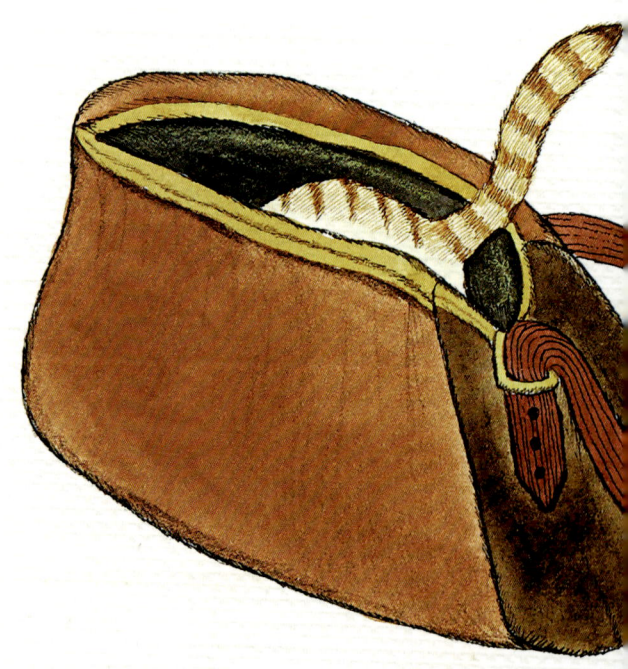

그것은 오래된 여행 가방이었어요.
여행이라고는 다녀 본 적이 없을 것 같은
먼지 쌓인 가방 말이에요.
가방은 고양이에게 딱 맞춘 듯 부드럽게 몸을 감싸 주었어요.
'그래, 바로 이거야! 여기서 절대 움직이지 말아야지.'
고양이는 가방 바닥에 온몸을 늘어뜨렸어요.
그때 누군가 외치는 소리가 들렸어요.
"파스파르투!"

Le Tour du monde en 80 jours

"파스파르투!"

파스파르투는 대답하지 않았다.

"파스파르투!"

그제야 파스파르투가 모습을 보였다.

포그 씨가 말했다.

"두 번이나 불렀네."

파스파르투가 시계를 꺼내 보며 대답했다.

"아직 자정이 아닌데요."

"알고 있네. 자네를 꾸짖는 게 아니야. 우린 10분 뒤에 도버와 칼레로 떠날 걸세."

하인의 얼굴이 찌푸려졌다. 잘못 들은 것이 분명했다.

"여행을 하신다는 건가요?"

"그래. 세계 일주를 할 걸세."

파스파르투는 눈이 휘둥그레져 중얼거렸다.

"세계 일주라고요?"

"80일 동안 말이지. 그러니 잠시도 허비할 수 없네."

하인은 허둥지둥 짐을 챙기기 시작했어요.
고양이는 멍청한 하인이 자신이 들어 있는
가방을 열어 보지도 않고 들고 나가는 것을 느꼈어요.
'여행은 질색인데…….'
고양이는 지금이라도 가방 밖으로 나가야 하나
고민했어요.
하지만 고양이는 가방이 몹시 마음에 들었어요.
'그래. 어차피 여기서 한 발짝도
움직이지 않을 텐데 뭐.'

가방은 기차를 타고 런던을 떠나 다시 배를 타고 인도에 도착했어요.
또 인도를 지나 홍콩, 상해, 일본,
바다 건너 미국까지 계속 여행을 했지요.
하지만 고양이는 가방 속에서 꼼짝하지 않고 잠만 잤어요.
인디언들이 기차를 습격했을 때 딱 한 번 몸을 뒤척였을 뿐이에요.
총알이 가방을 뚫고 고양이의 꼬리를 스쳐 지나갔거든요.

Le Tour du monde en 80 jours

모두가 기적 소리를 기다리고 있는데 별안간 사나운 외침이 울려 퍼졌다. 총소리도 들렸지만 객차 안에서 들린 소리는 아니었다. 소리는 기차 앞쪽에서부터 들려와 기차 전체에 퍼져 나가고 있었다. 공포에 찬 비명 소리가 기차 안에서 터져 나왔다.

프록터 대령과 포그 씨는 권총을 움켜쥐고 객차에서 나와 앞쪽으로 급히 달려갔다. 앞으로 갈수록 총소리와 비명 소리가 더욱 쩌렁쩌렁 귀를 울렸다.

인디언들이 열차를 습격한 것이었다!

Le Tour du monde en 80 jours

기차를 놓쳐서 돛이 달린 썰매를 타고 얼어
버린 강을 건널 때도, 늑대들이 썰매 뒤를 바짝
쫓을 때도 고양이는 일어나지 않았어요.

연료가 떨어져 배를 뜯어서 태우는 소동이 벌어졌는데도
고양이는 코를 골며 잠만 잤답니다.
'왜 저렇게 난리람? 배가 가라앉는 것도 아니고
거인이나 독수리의 공격을 받는 것도 아닌데.'

고양이는 얼마나 깊이 잠들었는지,
지구를 한 바퀴 도는 80일간의 세계 일주가
모두 끝날 때까지도 눈을 뜨지 않았어요.

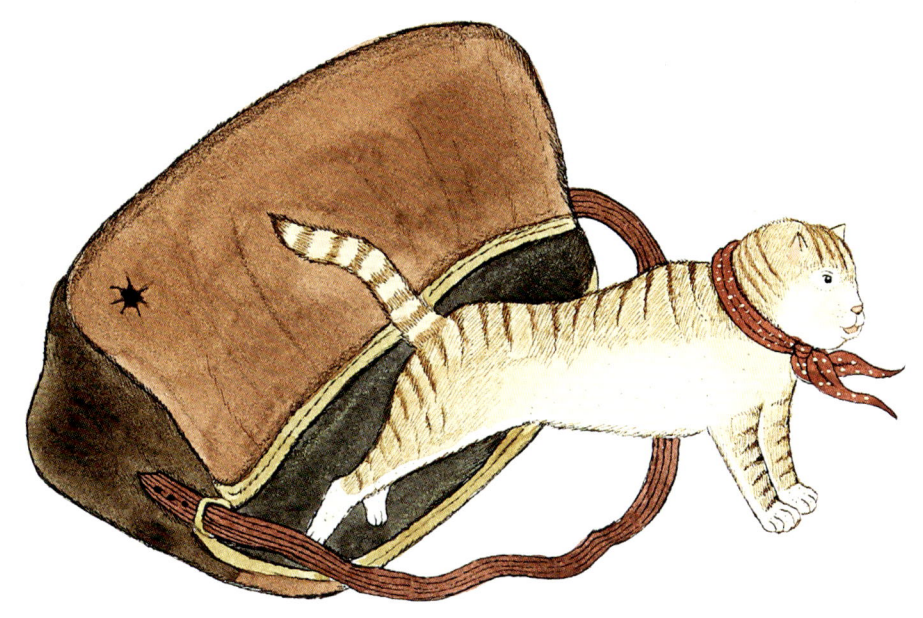

고양이가 눈을 뜬 것은 여행도 모험도 다 끝난
한밤중이었답니다.
"아, 잘 잤다!"
고양이는 가방을 나와 쭈욱 기지개를 켰어요.

"야옹!"
늘어지게 하품도 했지요.
하지만 졸려서는 아니었어요.
고양이의 눈은 어느 때보다 초롱초롱했어요.

실컷 자고 난 고양이는 심심했어요.
'지금이라면 꼬마랑 놀아 줄 수 있을 텐데.
〈장화 신은 고양이〉처럼 거인을 물리치고
꼬마를 부자로 만들어 공주와 결혼도 시키고!'
하지만 꼬마는 보이지 않았어요.

고양이는 꼬마를 찾아 나섰어요.
어두운 복도를 지나 열린 방문 사이로 들어가자
꼬마가 침대에 누워 있는 게 보였어요.
꼬마는 깊은 잠에 빠져 있었지요.

"야옹! 놀자!"
고양이는 꼬마를 깨우려고 볼도 핥고,
얼굴도 비비고, 마구 점프도 했지만
꼬마는 꼼짝도 하지 않았어요.

꼬마는 좋은 꿈이라도 꾸는지 행복한 미소를 짓고 있었어요.
고양이의 도움 없이 혼자 거인을 물리치고
공주와 결혼을 한 건 아닐까요?
"쳇."
고양이는 꼬마 옆에 벌렁 누웠어요.

그러자 거짓말처럼 하품이 나고 잠이 쏟아졌어요.
고양이가 잠자기에 가족의 옆만큼 좋은 곳도 없으니까요.

명작 일기

샤를 페로
Charles Perrault

(1628 ~ 1703)

샤를 페로는 프랑스 파리에서 태어난 동화 작가예요. 〈장화 신은 고양이〉, 〈신데렐라〉, 〈푸른 수염〉 등 우리 친구들이 잘 알고 있는 동화들을 많이 썼어요. 프랑스 아동 문학의 아버지라고 불리는 페로는 전해지는 옛이야기들을 동화로 쓰길 좋아했어요. 17세기 프랑스를 대표하는 비평가이기도 하지요.

 ## 장화 신은 고양이

장화 신은 고양이는 샤를 페로가 1697년에 발표한 작품이에요. 장화 신은 고양이가 꾀를 내어 주인을 행복하게 만들어 준다는 내용이지요.

옛날 아주 먼 옛날 어느 마을에 살던 방앗간 주인이 유산으로 방앗간과 당나귀, 고양이를 남겼어요. 첫째는 방앗간을, 둘째는 당나귀를 갖게 됐지만 막내는 고양이와 함께 집에서 쫓겨나게 되지요. 슬퍼하는 막내에게 고양이는 가방 하나와 장화 한 켤레를 구해 달라고 말해요.

고양이는 막내에게 받은 장화를 신고, 막내에게 받은 가방으로 동물들을 사냥했어요. 고양이는 왕에게 찾아가 카라바 후작이 보낸 것이라며 여러 차례 사냥감을 전하고 환심을 샀어요. 그러고는 막내에게 강에서 수영을 하라고 시키지요!

"살려 주세요! 카라바 후작님이 물에 빠졌어요! 살려 주세요!"

카라바라는 이름을 듣고 놀란 왕은 호위병들에게 빨리 후작을 구하라고 명령하였습니다.

그러자 고양이는 왕의 마차 옆으로 가, 왕에게 자초지종을 털어놓았습니다.

"임금님. 카라바 후작님이 수영을 하고 있는데 누가 옷을 몽땅 훔쳐 가 버렸습니다."

사실 꾀 많은 고양이는 미리 막내아들의 옷을 바위 밑에 감추어 놓았답니다. 왕은 궁전에서 좋은 옷을 가져와, 막내아들에게 입히라고 명령하였습니다. 좋은 옷을 입은 막내아들은 진짜 후작처럼 아주 늠름하고 멋져 보였습니다.

고양이는 지나가던 왕에게 후작이 옷을 도둑맞은 것처럼 거짓말을 해 값비싼 옷도 받고 왕의 마차에도 타게 돼요. 근처에 후작의 성이 있다고 거짓말을 한 고양이는 행렬을 앞질러서 성을 찾아가요. 고양이는 꾀를 내어 성에 살고 있던 거인을 물리쳐요. 마침내 도착한 왕은 웅장한 성을 보고 고양이의 주인이 엄청난 부자이자 후작이라고 믿고 공주와 결혼을 시킨답니다.

 ## 같은 신데렐라, 다른 신데렐라

페로는 옛이야기들을 동화로 쓰길 좋아했어요. 신데렐라도 그렇게 쓴 작품이에요. 신데렐라와 비슷한 옛이야기는 전 세계에 전해지고 있어요. 우리나라에도 신데렐라와 비슷한 콩쥐 팥쥐 이야기가 있는 것처럼요. 또 다른 신데렐라 동화로는 그림 형제가 쓴 신데렐라가 있지만 페로의 신데렐라와는 내용이 많이 다르답니다. '신데렐라를 돕는 요정이나 호박마차, 12시까지 돌아온다는 약속 등'은 모두 페로의 신데렐라에 나오는 것들이에요. 특히 두 신데렐라는 결말이 달라요. 페로의 결말에서는 신데렐라가 언니들을 용서하고 같이 살지만, 그림 형제의 결말에서는 비둘기가 나타나 언니들의 눈을 쪼아 장님으로 만들어 버리지요.

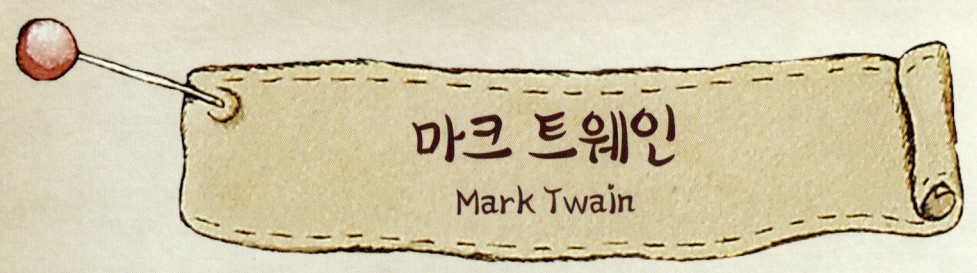

마크 트웨인
Mark Twain

(1835 ~ 1910)

마크 트웨인은 미국에서 태어난 소설가예요. 미국의 문화가 잘 배어 있는 뛰어난 작품들을 남겨 미국의 셰익스피어로 불리기도 해요. 대표적인 작품으로는 미시시피강 근처에 사는 소년들의 모험을 다룬 〈톰 소여의 모험〉, 〈허클베리 핀의 모험〉이 있고 얼굴이 똑같이 생긴 왕자와 거지가 입장이 바뀌는 이야기인 〈왕자와 거지〉가 있어요.

 톰 소여의 모험

〈톰 소여의 모험〉은 미시시피강 기슭에 자리한 작은 마을에 사는 톰과 허클베리 핀의 모험을 다룬 이야기예요. 둘은 소문난 개구쟁이에 말썽꾸러기예요. 어느 날 톰은 말썽을 부린 벌로 담장에 페인트칠을 하게 됐어요. 하지만 톰은 페인트칠을 하지 않을 방법을 생각해 내지요.

"톰, 나도 한 번만 해 보자."

톰은 곰곰이 생각하는 척하더니 고개를 흔들었다.

"아니, 안 되겠어. 아무리 생각해 봐도 네가 하면 안 될 것 같아. 이모는 이 담장을 아주 특별하게 생각하시거든. 그러니까 나처럼 아주 신경 써서 칠해야 해."

"알았어. 딱 한 번만. 조금만 칠하면 되잖아, 톰."

"벤, 나도 너에게 기회를 주고 싶어. 하지만 네가 실수라도 한다면……."

"정말 조심할게. 그러니까 한 번만…… 아, 이 사과랑 바꾸면 어때?"
톰은 못마땅하다는 표정을 지으며 벤에게 붓을 건넸다. 하지만 속으로는 쾌재를 부르고 있었다.

톰은 페인트칠이 아주 재미있는 것처럼 친구들을 속여 일을 시켰어요. 자기는 쉬면서 선물까지 받고 말이에요.

깊은 밤 허클베리 핀과 톰은 또 장난을 치러 공동묘지에 가요. 거기서 둘은 인디언 조가 사람을 죽이는 걸 목격하지요.

조가 무서웠던 톰은 이 일을 비밀로 하려고 했지만 다른 사람이 살인죄를 뒤집어 쓸 위기에 처하자, 재판에서 조가 진범이라는 것을 밝혀요. 그러나 조가 도망치자 톰은 조가 자신에게 복수하러 올 거라는 생각에 불안에 떨어야만 했어요.

톰은 학교 소풍날 동굴에 들어갔다가 길을 잃어요. 길을 잃고 헤매던 톰은 인디언 조를 보게 돼요. 하지만 꾀와 용기로 조를 피해 무사히 밖으로 나오지요. 동굴에 갇힌 조는 굶어 죽고, 그가 감추어 두었던 보물은 톰과 허클베리 핀이 나누어 갖는답니다.

허클베리는 마음먹은 대로 돌아다녔다. 맑은 날에는 남의 집 현관 계단에서 잠을 잤고, 비가 오는 날에는 빈 통에 들어가 잠을 잤다. 학교도 교회도 다니지 않았다. 누구 말에 따라 행동할 필요도 없었다. 자기가 원하면 언제든 낚시도 하고 수영도 하고 버키는 대로 놀 수 있었다. 싸우지 말라고 혼내는 사람도 없었고, 밤늦게까지 잠자리에 들지 않아도 되었다. 씻을 필요도, 깨끗한 옷을 입을 필요도 없었으며 마음껏 욕을 해도 상관없었다. 허크의 삶은 원하는 것을 모두 가진, 아주 근사한 것이었다.

 ## 허클베리 핀의 모험

〈허클베리 핀의 모험〉은 〈톰 소여의 모험〉이 나오고 8년 후에 발표된 작품이에요. 〈톰 소여의 모험〉에서 주인공 톰의 친구로 나왔던, 제멋대로이지만 마음씨 착한 허클베리 핀이 주인공이지요.

〈톰 소여의 모험〉의 결말에서 허클베리 핀은 부자가 되고 마음씨 착한 더글러스 부인에게 입양돼요. 허클베리 핀의 술주정뱅이 아버지는 아이를 때리기 일쑤였고 오래도록 집에도 오지 않았으니까요. 그러던 어느 날 아들이 부자가 됐다는 소문을 듣고 나타난 아버지는 아들 허클베리 핀을 유괴해요.

간신히 탈출한 허클베리 핀은 섬에 숨어 있다가, 도망친 흑인 노예 짐을 만나게 돼요. 둘은 함께 뗏목을 타고 자유를 찾아 떠나요. 두 사람은 여러 번 위기를 겪지만 힘을 합쳐 이겨 내지요. 둘은 우연히 톰 소여를 만나 짐의 주인이 죽으면서 짐에게 자유를 줬다는 사실을 알게 돼요. 모두가 행복한 가운데 허클베리 핀이 또 다른 모험을 꿈꾸는 것으로 이야기는 끝이 난답니다.

 ## 마크 트웨인과 흑인들

〈허클베리 핀의 모험〉이 처음 발표됐을 때 사람들은 깜짝 놀랐다고 해요. 주인공 허클베리 핀은 불량한 태도에 욕설을 내뱉기 일쑤였거든요. 또 흑인 노예인 짐이 중요한 등장인물로 나오고 흑인들의 언어가 곳곳에 쓰이고 있었어요.

어린 시절 노예 시장이 있던 마을에 살며 노예 제도의 비극을 가까이에서 지켜봤던 마크 트웨인은 이 문제를 소설 전반에서 다뤘어요. 하지만 당시의 인종 차별 현실을 너무 잘 표현했기 때문에 백인들은 물론이고 흑인들조차 좋아하지 않았다고 해요. 한때는 아이들이 읽을 수 없는 책으로 지정되기도 했지요. 하지만 지금은 미국 문학사에 가장 중요한 작품으로 평가받고 있어요.

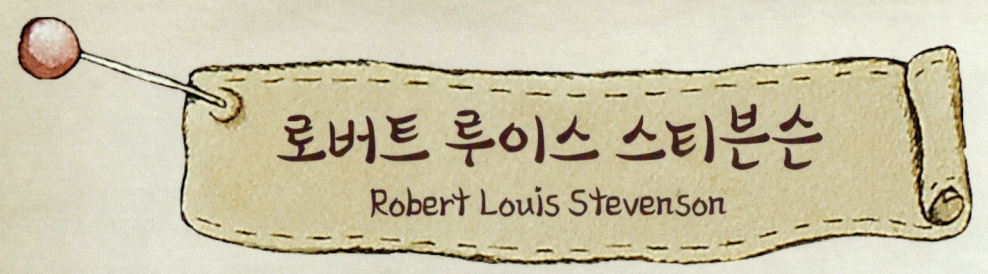

로버트 루이스 스티븐슨
Robert Louis Stevenson

(1850 ~ 1894)

스코틀랜드에서 태어난 소설가이자 시인이에요. 법학을 전공했지만 건강이 악화되면서 공부를 그만두고 여행을 떠나게 돼요. 이때의 경험으로 많은 글을 쓰게 되지요. 여행에서 돌아온 후 1883년 〈보물섬〉을 발표하며 큰 사랑을 받게 되었지요. 또 다른 대표작으로는 〈지킬 박사와 하이드 씨〉가 있어요.

 보물섬

〈보물섬〉은 우연히 해적으로부터 보물섬 지도를 얻게 된 주인공 짐이 보물을 찾으러 떠나면서 겪게 되는 모험 소설이에요.

여관 주인의 아들 짐 호킨스는 우연히 해적의 보물 지도를 얻게 되고 지주 트레로니, 의사 라이브지와 함께 보물섬을 찾아가요. 항해가 계속되던 어느 날 짐은 사과를 집어먹으러 통 속에 들어갔다가 깜박 잠이 들고 말아요. 그때 요리사 실버와 선원들의 이상한 대화가 들려와요.

"언제까지 기다릴 거야? 당장 선실 안으로 쳐들어가고 싶다고."

"내 말 잘 들어. 일반 선원들이랑 똑같이 행동하고, 말조심하도록 해. 특히 술은 입에도 대지 마. 때가 되면 명령을 내릴 테니까."

"누가 그렇게 안 한대? 그게 언제냐는 거야, 언제."

"언제냐고? 젠장!"

실버는 버럭 화를 내더니 다시 말을 이었다.

"최대한 버틸 때까지 버틴 다음이 바로 그때야. 선장이 우리를 위해 배를 몰

고 있어. 지주랑 의사는 보물 지도를 가지고 있고. 나도 너도, 지도가 어디 있는지 몰라. 그들이 다 알아서 보물을 찾아 배에 실을 거야. 우리는 그때 기회를 노리는 거야. 보물을 싣고 돌아가는 길에 치는 거지."

요리사 실버는 사실 해적이었던 거예요! 배 안에는 실버 말고도 많은 해적들이 타고 있었어요. 그들은 보물을 노리고 반란을 계획하지요.

하지만 이 비밀 회담을 엿듣게 된 짐이 지주와 의사에게 사실을 알려 간신히 위험에서 벗어나요. 그 후 해적과 전투를 벌이고 전염병에 시달리는 등 갖은 위험을 겪게 되지요. 하지만 결국 짐은 해적들을 물리치고 보물을 차지하게 된답니다.

 ## 나라의 허락을 받은 해적선도 있다고?

해적은 문학 작품은 물론이고 만화와 영화에도 자주 등장하고는 해요. 모험을 즐기고 유쾌하게 살아가는 해적을 영화나 만화에서 본 적이 있을 거예요. 하지만 실제 해적은 물건을 뺏기 위해 사람들을 죽이고 배를 불태우던 잔인한 무법자들이었어요.

물론 나라에서 허락을 받고 도둑질을 하던 해적들도 있었어요. 영국을 비롯한 유럽 나라들은 알게 모르게 해적들을 도와주기도 했는데 그러다 국가의 허가 아래 해적질을 하는 사나포선이 생겨나게 된 것이지요. 해군력이 약한 나라들에 도움이 되기도 했지만 사나포선은 사실 해적과 다를 바 없었기 때문에 해상의 위험을 가중시켰고 결국 1856년 파리 선언에서 폐지되었어요.

대니얼 디포
Daniel Defoe

(1660 ~ 1731)

영국 런던의 부유한 상인 집안에서 태어난 소설가예요. 사회적인 문제에 관심이 많아서 인종적, 종교적 편견을 비웃은 글을 써 감옥에 갇히기도 했지요. 1719년 〈로빈슨 크루소〉를 발표해서 큰 사랑을 받았고 이후 〈선장 싱글톤〉, 〈몰 플랜더스〉 등의 작품을 썼어요.

 로빈슨 크루소

영국인 로빈슨 크루소는 평범한 삶을 살라는 아버지의 말을 듣지 않고 가출해 선원이 돼요. 로빈슨은 몇 번의 위험한 고비를 겪고 부자가 되지만 안정적인 삶을 벗어나 또다시 항해를 떠납니다. 그러다 그만 풍랑을 만나고 말지요.

산산조각 난 배와 함께 로빈슨은 바다에 빠지지만 무인도에 올라 겨우 목숨을 구해요. 그 후로 28년 동안 무인도에서 혼자 살아갑니다.

거세게 몰아치는 폭풍에 휩싸여 있던 어느 날이었다.
"육지다!"
누군가 외쳤다. 희망에 가득 차 모두 밖

을 버다보려고 선실을 뛰쳐나갔다. 그 순간 배는 모래부리에 부딪치고
말았다. 파도가 엄청난 힘으로 배를 덮치는 바람에 꼼짝없이 죽었다고
생각했다.

그러던 어느 날 로빈슨은 그곳이 식인종들의 섬임을 알게 돼요. 식인종에게
붙들린 토인을 구해 하인으로 삼고, 그의 아버지와 스페인 사람을 구하지요. 탈
출을 준비하던 로빈슨은 반역자들에게 끌려온 선장을 구하고, 선장을 도와 반란
을 진압해요. 반역자들을 섬에 남겨 둔 채 선장과 함께 마침내 영국으로 돌아갑
니다.

 식인종, 정말 있었을까?

사람을 잡아먹는 식인종이 정말 있었을까요? 전설 같은 이야기이지만 역사서
와 유골 등의 증거를 보면 식인 풍습은 아주 오랜 옛날부터 세계 곳곳에 있었다
는 것을 알 수 있어요. 〈로빈슨 크루소〉의 집필 당시에도 아프리카와 카리브해
의 몇몇 부족들에게 식인 풍습이 남아 있었지요. 먹을 것이 없어서이기도 했지
만 종교적, 문화적 이유 때문에 사람을 먹기도 했다고 해요.

파푸아뉴기니의 포레족은 장례를 마친 후 시신을 먹는 것이 하나의 풍습이었
어요. 하지만 이 때문에 뇌에 구멍이 뚫리는 쿠루병에 걸려 많은 사람들이 죽었
지요. 지금은 식인 풍습이 사라져 이러한 끔찍한 일이 일어나지 않는다고 해요.

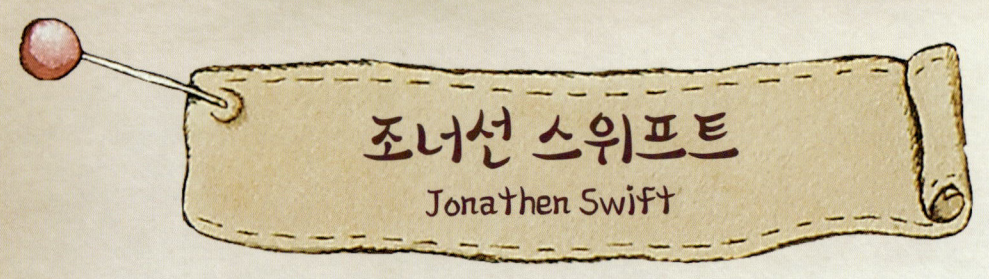

조너선 스위프트
Jonathen Swift

(1667 ~ 1745)

조너선 스위프트는 아일랜드의 소설가로 성직자이기도 했고 정치에도 관심이 많았어요. 1726년 〈걸리버 여행기〉를 발표하며 많은 사랑을 받았어요. 〈걸리버 여행기〉 외에 정치계와 종교계를 풍자한 〈통 이야기〉 등을 썼어요.

 걸리버 여행기

걸리버라는 영국 의사가 배를 타고 항해 중에 폭풍우를 만나게 돼요. 배는 난파했지만 걸리버는 간신히 목숨을 건지고 헤엄을 쳐서 어떤 섬에 이르지요. 너무도 지쳤던 걸리버는 섬에 도착하자마자 그대로 잠이 들어요.

다음 날 잠에서 깬 걸리버는 깜짝 놀라고 말았어요!

깨어나 보니 막 해가 떠오르고 있었다. 나는 자리에서 일어나려고 했지만 꼼짝할 수가 없었다. 누워 있는 동안 누가 팔다리를 모두 땅에 묶어 놓은 것이다! 길고 숱 많은 머리카락도 마찬가지였다. 가는 끈 여러 개로 몸통도 단단히 묶어 놓았다. 사방에서 요란한 소리가 들려왔지만 묶여 있는 상태에서는 하늘밖에 보

이지 않았다. 왼쪽 다리 위에 어떤 생물체가 올라오는 것이 느껴졌는데 그것은 가슴을 지나 턱까지 다가왔다. 아주 작았는데 분명히 인간의 모습이었다. 손에는 활과 화살을 들고 있었다. 그와 같은 인간들이 40명 정도 더 내 몸 위로 기어 올라왔다.

걸리버가 도착한 섬은 작은 사람들이 사는 소인국이었던 거예요. 소인국 사람들은 걸리버를 궁으로 옮기고 먹을 것도 주고 보살펴 줘요. 걸리버 역시 화재를 진압해 주기도 하고 이웃나라와 전쟁에서 이기도록 도와주기도 하지요. 하지만 곧 소인국 사람들이 자신을 죽이려 한다는 것을 알게 된 걸리버는 도망칩니다.

이렇게 죽을 고비를 넘긴 후에도 걸리버는 모험심을 버리지 못하고 항해를 계속해요. 소인국 외에도 거인들이 사는 대인국, 학문을 중요하게 여기는 사람들이 사는 하늘에 있는 섬 라퓨타, 말들이 지배하는 나라인 휴이넘 등을 여행해요.

걸리버 여행기는 동화가 아니야!

〈걸리버 여행기〉는 원래 동화가 아니라 어른들을 위한 풍자 소설이었어요. 4권이나 되는 아주 긴 작품으로 인간의 어두운 면들을 강하게 풍자한 작품이지요. 특히 마지막 권인 말들의 나라, 휴이넘의 이야기에 그런 특징이 잘 드러난답니다. 말들이 지배하는 휴이넘에서는 말이 이성을 가지고 나라를 지배하고, 인간에 해당하는 야후(Yahoo)라는 동물은 반대로 말에게 사육되고 있으며 매우 악하고 더러운 종족으로 그려져 있지요. 세계적인 인터넷 포털 서비스인 야후가 바로 여기에서 따온 이름이랍니다.

쥘 베른
Jules Verne

(1828~1905)

쥘 베른은 프랑스의 항구 도시 낭트에서 태어난 소설가예요. 대표작으로는 〈80일간의 세계 일주〉, 〈해저 2만 리〉, 〈지구 속 여행〉, 〈지구에서 달까지〉 등이 있어요. SF(공상 과학 소설)의 선구자로 사망한 뒤에 발견된 〈20세기 파리〉는 미래를 정확히 묘사한 예언적인 작품이에요.

 ## 80일간의 세계 일주

〈80일간의 세계 일주〉는 1873년 발표된 작품으로 제목 그대로 80일 동안 세계를 여행하는 이야기예요. 흥미진진한 모험 속에 세계 각지의 사람들과 문화가 재미있게 그려져 있지요.

영국 신사 필리어스 포그는 클럽의 친구들과 80일간의 세계 일주가 가능한가, 가능하지 않은가를 두고 2만 파운드 내기를 하게 돼요. 그날 밤 서둘러 하인을 데리고 런던을 떠난 포그는 마침 일어난 은행 강도의 범인으로 의심받게 되지요.

포그는 80일간의 세계 일주를 해내기 위해 경찰의 방해와 갖가지 위험, 돌발 상황들을 헤쳐 나가야만 했어요. 인도에서는 죽임을 당할 위기에 처한 젊은 미망인을 구출하느라 사람들에게 쫓기기도 하고, 폭풍우에 휘말리기도 하고, 배를 놓치기도 하고, 일행과 헤어지기도 하고, 심지어 미국에서는 인디언의 습격을 받게 되지요!

모두가 기적 소리를 기다리고 있는데 별안간 사나운 외침이 울려 퍼졌다. 총소리도 들렸지만 객차 안에서 들린 소리는 아니었다. 소리는 기차 앞쪽에서부터 들려와 기차 전체에 퍼져 나가고 있었다. 공포에 찬 비명 소리가 기차 안에서 터져 나왔다.

프룩터 대령과 포그 씨는 권총을 움켜쥐고 객차에서 나와 앞쪽으로 급히 달려갔다. 앞으로 갈수록 총소리와 비명 소리가 더욱 쩌렁쩌렁 귀를 울렸다. 인디언들이 열차를 습격한 것이었다!

마지막에 대서양을 건널 때는 연료가 부족해 배를 부수어 연료로 써야만 했어요. 하지만 이 모든 문제들을 극복하고 포그는 80일간의 세계 일주에 성공했을 뿐만 아니라, 인도에서 구해 준 미망인과 사랑에 빠져 결혼을 하게 됩니다.

 ## 다양한 나라와 문화

미망인은 왜 죽임을 당할 위기에 처했을까요? 그것은 당시 인도 일부 지역에서 행해지던 순장이라는 풍습 때문이에요. 순장이란 어떤 사람이 죽었을 때 그의 하인이나 아내가 따라서 죽거나 강제로 죽임을 당해서 같이 무덤에 묻히게 되는 풍습이에요. 인도만이 아니라 먼 옛날 여러 나라에 있었던 무서운 풍습이지요.

〈80일간의 세계 일주〉에는 이외에도 항구 도시 홍콩에 여러 나라 사람들이 어우러져 있는 모습, 미국의 인디언 등 다양한 나라와 문화가 잘 그려져 있답니다.

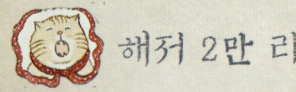 해저 2만 리

〈해저 2만 리〉는 쥘 베른이 1869년에 쓴 고전 과학 소설이에요.

어느 날 거대한 바다 괴물이 나타나요. 괴물을 처치하기 위해 링컨호가 출발해요.

한참을 헤매던 링컨호는 마침내 괴물을 발견하게 되지만 괴물의 공격으로 배가 망가지고 말아요. 물에 빠진 생물학자 피에르 아노라스와 그의 조수 콩세유, 작살 잡이 네드는 괴물 위로 올라가 겨우 목숨을 구하지요.

바다괴물의 정체는 거대한 잠수함인 노틸러스호였어요. 노틸러스호의 네모 선장은 셋을 구해 주지만 잠수함의 비밀을 지키기 위해 육지로 돌려보내 주지는 않아요. 그 후 셋은 해저의 아름다운 모습을 탐험하고 대왕 오징어와 싸우는 등 갖가지 모험을 하게 돼요. 탈출할 기회를 엿보던 셋은 노틸러스호가 군함과 전투 후 혼란한 틈을 타 빠져나오게 돼요.

 공상 과학 소설이란?

공상 과학 소설이란 과학적 지식과 공상적 모험담을 결합시킨 소설이에요. 줄여서 SF(science fiction)로 부르기도 하지요. 공상 과학 소설의 시작으로는 〈걸리버 여행기〉나 〈프랑켄슈타인〉을 떠올릴 수 있지만 제대로 된 공상 과학 소설은 19세기 후반부터 나오기 시작해요.

19세기 후반에 과학이 크게 발달함에 따라, 자연과학의 지식을 이용한 소설들이 많이 나왔어요. 이 중에서도 쥘 베른은 과학 지식에다 풍부한 공상을 더하여 해저를 탐험하는 〈해저 2만 리〉, 지구에서 로켓을 쏘아서 달에 간다는 내용을 담은 〈지구에서 달까지〉, 지구 속을 탐험하는 〈지구 속 여행〉 등의 뛰어난 공상 과학 소설들을 많이 썼어요.

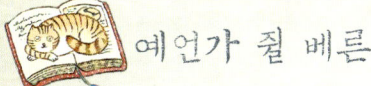 예언가 쥘 베른

   과학 지식에 기반을 둔 그의 소설은 그냥 상상이나 공상이 아니라 미래에 대한 예언이 되었어요. 쥘 베른이 소설을 쓸 때는 달 탐사도, 해저 탐험도 아직 하지 못하던 때였지만 그는 놀라울 만큼 이야기를 그럴듯하게 창조해 냈고 후대에 큰 영향을 미쳤지요.

   〈해저 2만 리〉에 나오는 노틸러스호는 후에 만들어진 최초의 원자력 잠수함의 이름이 되기도 하였고 우주선을 만든 과학자들 역시 〈지구에서 달까지〉, 〈달나라 탐험〉 등의 소설에서 많은 자극을 받았다고 해요. 그가 죽은 뒤 뒤늦게 발견된 〈20세기 파리〉에는 그 시대에는 존재하지 않았던 에어컨, 엘리베이터, 고속 열차, 팩스부터 지금의 인터넷과 비슷한 시스템까지 그려져 있어서 탄성을 자아낸답니다.

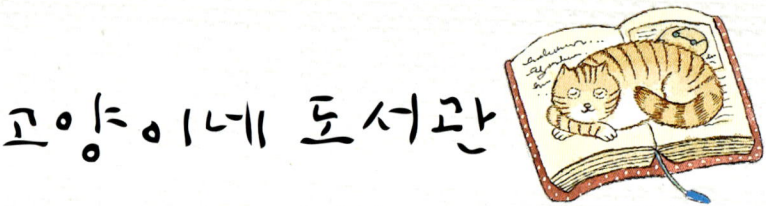

고양이네 도서관

글 조현진 │ 그림 한여진

펴낸날 2013년 7월 20일 초판 1쇄, 2020년 5월 6일 초판 6쇄

펴낸이 김상수 │ **기획·편집** 서유진, 이성령, 조유진 │ **디자인** 문정선, 조은영 │ **영업·마케팅** 황형석, 김송이

펴낸곳 루크하우스 │ **주소** 서울시 성동구 아차산로 103 영동테크노타워 904호 │ **전화** 02)468-5057 │ **팩스** 02)468-5051

출판등록 2010년 12월 15일 제2010-59호

www.lukhouse.com cafe.naver.com/lukhouse

ISBN 978-89-97174-69-0 63800

 상상의집은 (주)루크하우스의 아동출판 브랜드입니다.